Splunkunio Splunkey Detective and Peacemaker

Case One: The Missing Friendship Bracelet

Story and Photography by
Elana Ashley

Splunkunio Splunkey Detective y pacificador

Caso primero: El brazalete de la amistad desaparecido

Texto y fotografía de
Elana Ashley

Dream Image Press, LLC
Northbrook, Illinois

Acknowledgements

**To Friendship and Peace Everywhere
To my family and friends
for their love and support
To Ashley Furniture in Round Lake Beach,
Illinois, for their generosity**

Splunkunio Splunkey
Detective and Peacemaker
Case One:
The Missing Friendship Bracelet
Text copyright © Elana Ashley, 2005
Photographs copyright © Elana Ashley, 2005
Translated to Spanish by Stefan V. Nikolov
All rights reserved.

Published in the United States of America
Printed in Hong Kong

Agradecimientos

**A la Amistad y a la Paz en todas partes
A mi familia y a mis amigos
por su amor y apoyo
A Ashley Furniture en Round Lake Beach,
Illinois, por su generosidad**

Splunkunio Splunkey
Detective y pacificador
Caso primero:
El brazalete de la amistad desaparecido
Copyright del texto © Elana Ashley, 2005
Copyright de la fotografía © Elana Ashley, 2005
Traducción al español por Stefan V. Nikolov
Todos los derechos reservados.

Sin limitar los derechos reservados arriba mencionados, ninguna parte de esta publicación puede ser reproducida, almacenada o introducida en un sistema de recuperación o transmitida de manera alguna ni por ningún medio (electrónico, mecánico, de fotocopia, de grabación u otro), sin la previa autorización por escrito del dueño del copyright o del editor. Para información sobre la autorización, escriba directamente a Dream Image Press, LLC, P.O. Box 454, Northbrook, Illinois 60065.

El nombre de Splunkunio Splunkey es la marca registrada de Elana Ashley.

Publicado en los Estados Unidos de América
Impreso en Hong Kong

ISBN 0-9744812-1-1
Library of Congress Control Number:
2004097918

Dream Image Press, LLC
P.O. Box 454
Northbrook, Illinois 60065

Kleenex in her paws, Ellie Elephant sobbed,

"Today I lost my friendship bracelet, a birthday gift my mother made for me! My best friend is angry. He just ran out of my house! I don't know what to do! Somebody, help me!"

Con un kleenex entre sus patitas, la Elefantita Ellie sollozaba:

- ¡Hoy he perdido mi brazalete de la amistad, un regalo de cumpleaños que me hizo mi mamá! Mi mejor amigo está enfadado. ¡Acaba de salir corriendo de mi casa! ¡No sé qué hacer! ¡Que alguien me ayude!

Hearing the telephone ring, Ellie ran down the stairs and into the kitchen. She pulled down the phone and listened.

"I'm a detective and a peacemaker, and I believe you could use my services."

Al oír sonar el teléfono, Ellie bajó corriendo por la escalera y entró a la cocina. Descolgó el teléfono y escuchó.

- Soy un detective y un pacificador y creo que tú podrías usar mis servicios.

"Is that you, Eli?"

"No. Splunkey is my name. Solving problems is my game."

"Will you help me find my friendship bracelet?"

"Absolutely. Just blink three times. I'll meet you in your family room."

Racing upstairs, Ellie jumped on the couch and started blinking.

One blink.

Two blinks.

Three blinks.

Nothing.

"Jumping Jupiter, open your eyes, Ellie! Detective Splunkunio Splunkey at your service!!"

- ¿Eres tú, Ilay?

- No. Splunkey mi nombre es. Resuelvo los problemas de una vez.

- ¿Me ayudarás a encontrar mi brazalete de la amistad?

- Claro. Sólo parpadea tres veces. Te veré en la sala.

Ellie subió corriendo, saltó al sofá y empezó a parpadear.

Una vez.

Dos veces.

Tres veces.

Nada.

- ¡Salten saltamontes, Ellie, abre los ojos! ¡¡El detective Splunkunio Splunkey, a tu servicio!!

Ellie's eyes widened.

"Huh… How do you do?"

"Very well, thank you."

Ellie reached out to shake hands with the alien. His thumbs tickled her, and she giggled.

"Would you please say your name again?"

"Splunkey is my name. Solving problems is my game."

"Ellie is my name. I answer to the same."

Ellie abrió los ojos.

- Vaya… ¿Cómo estás?

- Muy bien, gracias.

Ellie estrechó la mano del extraterrestre. Sus dedos le hicieron cosquillas y ella se rio.

- ¿Me podrías repetir tu nombre, por favor?

- Splunkey mi nombre es. Resuelvo los problemas de una vez.

- Ellie me llaman a mí. Respondo a este nombre, ¡sí!

"What is the name of your friend who ran out of the house?"

"Eli."

"I think your friend can help us. So please call Eli on the phone and ask him to come over."

Splunkey followed Ellie downstairs to the kitchen. She reached up for the phone and punched Eli's number.

"The Lefant Residence. Eli speaking. Who's there?"

"It's me - Ellie. Will you please help us find my bracelet?"

"Ellie, I'm angry, so I'm not coming over," Eli announced.

"I know you're mad at me," continued Ellie, "but Splunkey doesn't know anything about what happened, and he's the one who asked me to call you."

"Splunkey? Who's Splunkey? Your voice sounds really weird. What's going on?"

- ¿Cómo se llama tu amigo que salió corriendo de tu casa?

- Ilay.

- Creo que tu amigo podría ayudarnos. Por favor, llama a Ilay por teléfono y pídele que venga.

Splunkey bajó con Ellie a la cocina. Ella tomó el teléfono y marcó el número de Ilay.

- Residencia Lefante. Habla Ilay. ¿Quién es?

- Soy yo, Ellie. Por favor, ayúdanos a encontrar mi brazalete.

- Ellie, estoy enojado, así que no voy a ir - respondió Ilay.

- Sé que estás enfadado conmigo - continuó Ellie-, pero Splunkey no sabe nada de lo que pasó y es él quien me pidió que te llamara.

- ¿Splunkey? ¿Quién es Splunkey? Tu voz suena muy raro. ¿Qué pasa?

"You would sound weird, too, if a red-blue-and-yellow alien was sitting with you in your kitchen! Splunkey, please say something to Eli so that…"

Grabbing the phone from Ellie, Splunkey shouted,

"Hey, Eli, we need your help 'cause I've got lots of other cases. I heard Ellie's cry and came as soon as I could. Please show a little friendship so we can solve this case of the missing friendship bracelet. I need to scramdoodle 'cause I'm in a time crunch."

He gave the phone back to Ellie.

"I've changed my mind, Ellie. I'll be there super-duper quick."

"Thanks Eli. You're the best!"

- ¡La tuya también sonaría raro si un extraterrestre de color rojo, azul y amarillo estuviera sentado contigo en tu cocina! Splunkey, por favor, dile algo a Ilay para que…

Quitándole el teléfono a Ellie, Splunkey gritó:

- Oye, Ilay, necesitamos tu ayuda, porque yo tengo un montón de otros casos. Oí a Ellie llorar y vine lo más rápido que pude. Por favor, demuestra algo de amistad para que podamos resolver este caso del brazalete de la amistad desaparecido. Pronto tengo que irme de aquí, porque tengo mucha prisa.

Le devolvió el teléfono a Ellie.

- Cambié de opinión, Ellie. Estaré en tu casa muy, pero muy rápido.

- Gracias, Ilay. ¡Eres un encanto!

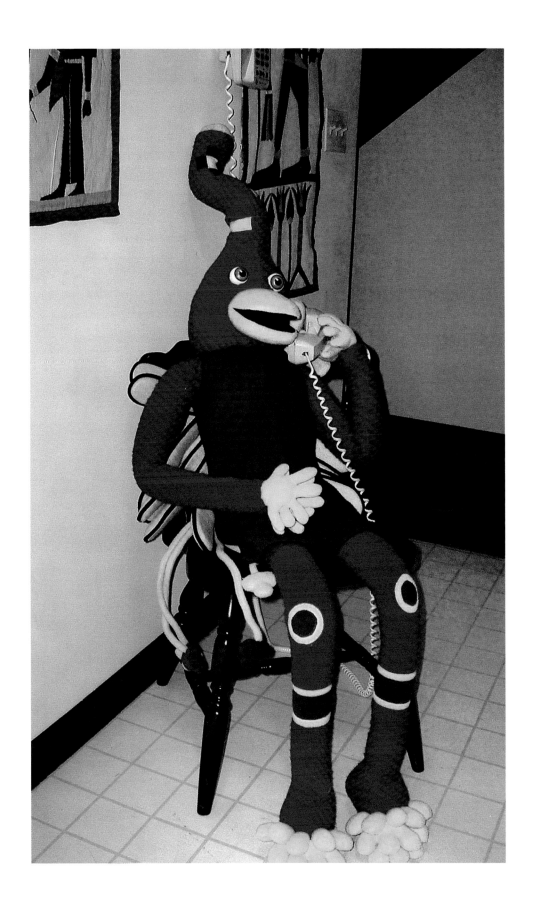

In moments, Eli knocked on the front door.

Ellie brought her friend over to meet Splunkey. Eli's eyes popped out of his head as he listened to Splunkey's words:

"Detective Splunkey is my name. Solving problems is my game. I hereby make you - Ellie - and you - Eli - official detectives. It is your job to tell me everything you can remember about what happened this morning. But first, Ellie, please describe the missing bracelet."

En unos momentos más Ilay tocó en la puerta.

Ellie hizo pasar a su amigo para presentarle a Splunkey. Los ojos de Ilay casi se salieron de sus órbitas al escuchar las palabras de Splunkey:

- Detective Splunkey mi nombre es. Resuelvo los problemas de una vez. Aquí los nombro a ti, Ellie, y a ti, Ilay, detectives oficiales. Su tarea es decirme todo lo que puedan recordar acerca de lo que pasó esta mañana. Pero primero, Ellie, describe el brazalete desaparecido, por favor.

"Sure. My bracelet has a green velvet ribbon. On the ribbon are four friends all wearing colorful clothes, with their arms around each other. It looks like they're dancing. I call it my friendship bracelet. It was a birthday gift that my mother made for me."

Eli shared what he remembered,
"I noticed Ellie's bracelet on her left arm when I came in this morning."

"We played 'Hide-and-Seek'," Ellie said. "I was looking for Eli."

- Cómo no. Mi brazalete tiene una cinta verde de terciopelo. Encima hay cuatro amigos, todos con ropa de colores y con los brazos entrecruzados. Parece como si estuvieran bailando. Lo llamo mi brazalete de la amistad. Es un regalo de cumpleaños que me hizo mi mamá.

Ilay también contó lo que recordaba.
- Yo vi que Ellie llevaba su brazalete en el brazo izquierdo cuando vine esta mañana.

- Jugamos a las escondidas - dijo Ellie -. Yo estaba buscando a Ilay.

Splunkey said,
"Let's retrace your steps from the moment Eli arrived. To do this, I would like the two of you to act out exactly what happened as best as you can remember - right here, right now. Everything should be fresh in your minds."

Eli smiled. "This is going to be fun."

Splunkey added,
"Ellie, please start just when Eli arrived at your house."

"Good Morning, Eli!"

"Good Morning to you, too! It's a wet morning."

Eli Elephant wiped his wet paws on the welcome rug.

"Want to hang up your jacket?"

"No. Wearing my jacket makes me feel very 'cool'."

"Well, Mr. Cool, want to play hide-and-seek?"

Eli nodded.

"You hide. I seek."

"O.K.," said Eli.

Splunkey dijo:
- Vamos a repasar sus pasos desde el momento en que vino Ilay. Para hacerlo, quisiera que ustedes dos representaran exactamente lo que pasó, lo mejor que puedan acordarse, aquí y ahora. Todo debe estar todavía fresco en sus mentes.

Ilay sonrió: - Esto será divertido.

Splunkey continuó:
- Ellie, por favor, empieza desde cuando Ilay llegó a tu casa.

- ¡Buenos días, Ilay!

- ¡Buenos días a ti también! Es una mañana lluviosa.

El Elefantito Ilay secó sus patitas mojadas en la estera de la puerta.

- ¿Quieres colgar tu abrigo?

- No. Llevar puesto mi abrigo me hace sentir "buena onda".

- Muy bien, señor Buena Onda, ¿quieres jugar a las escondidas?

Ilay asintió.

- Tú te escondes y yo te busco.

- Muy bien - dijo Ilay.

Ellie walked into the kitchen and sat on her favorite pink chair. She closed her eyes and started counting - "one, two, three…" Eli ran off to find a hiding place. After she counted, Ellie climbed the stairs and began searching the rooms. Splunkey followed behind her.

She checked her mother's bedroom and the sewing room. Ellie tiptoed past her mother's office and checked the bathroom.

Ellie entró a la cocina y se sentó en su silla favorita de color rosa. Cerró los ojos y empezó a contar: "uno, dos, tres…" Ilay corrió para encontrar un escondite. Cuando terminó de contar, Ellie subió por la escalera y empezó a buscar en los cuartos. Splunkey la siguió.

Ellie miró en el cuarto de su mamá y en el cuarto de costura. Luego pasó de puntillas por el despacho de su mamá y miró en el baño.

Then she entered her bedroom. She peeked under the bed, and heard Eli shouting, "Help me, Ellie! I'm stuck!"

Digging his feet into the floor, Eli tried to push himself forward, while Ellie grabbed hold of his arms and pulled as hard as she could.

Eli rolled out from under the bed. They both started laughing and couldn't stop. Ellie and Eli helped each other get up from the floor.

Paw-in-paw, Eli and Ellie walked out of her bedroom. They passed the black vase filled with dry flowers that stood at the top of the staircase. Ellie looked down at her left arm.

"My friendship bracelet - it's missing!"

Después entró a su cuarto. Miró debajo de la cama y oyó a Ilay gritar:
- ¡Ayúdame, Ellie! ¡Estoy atorado!

Apoyando sus patitas en el suelo, Ilay trató de salir hacia adelante, mientras Ellie lo tomó de los brazos y tiró lo más fuerte que podía.

Ilay salió rodando de debajo de la cama. Los dos empezaron a reírse sin poder parar. Ellie e Ilay se ayudaron a levantarse del suelo.

Cogidos de las patitas, Ilay y Ellie salieron del cuarto. Pasaron junto al jarrón negro lleno de flores secas que estaba en el piso de arriba. Ellie se miró el brazo izquierdo.

- ¡Mi brazalete de la amistad ha desaparecido!

"Let's pause for a moment," Splunkey interrupted. "Let's take a good look around Ellie's bedroom." The two friends returned to Ellie's room.

Suddenly, Eli began laughing.

Paws on her hips, Ellie glared at him and asked,
"What's so funny?"

"Thinking about how you pulled me out from under your bed made me laugh."

"Ha, ha. Ho, ho. Now my bracelet is gone, and nothing's funny any more."

"Ellie, you need to take a deep breath and relax," suggested Splunkey. "You'll find your friendship bracelet. I promise. Let's continue with the story. We ended with the two of you helping each other get up and laughing up a storm, right?"

The two elephants nodded.

- Vamos a parar por un momento - la interrumpió Splunkey -. Vamos a echar un buen vistazo en el cuarto de Ellie. Los dos amigos regresaron al cuarto de Ellie.

De repente Ilay echó a reír.

Con las patitas en la cintura, Ellie lo miró con el ceño fruncido y le preguntó:
- ¿Qué es lo que te hace tanta gracia?

- Pensar cómo me sacaste de debajo de tu cama me hace reír.

- Ja, ja. Jo, jo. Ahora mi brazalete ha desaparecido y ya nada me hace gracia.

- Ellie, necesitas tomarte un profundo respiro y relajarte - sugirió Splunkey -. Encontrarás tu brazalete de la amistad. Te lo prometo. Vamos a continuar con la historia. Llegamos a donde ustedes dos se ayudaban a levantarse y se reían a carcajadas, ¿verdad?

Los dos elefantitos asintieron.

The three bent down and looked all around the bed.

"I don't see anything," Eli said.

"Neither do I," said Ellie.

"Eli, the sheet on your side of the bed is hanging down to the floor. How about tucking it in."

"Sure." Eli lifted the sheet and tucked it under the mattress. The bracelet was nowhere to be found.

Los tres se agacharon y miraron alrededor de la cama.

- No veo nada - dijo Ilay.

- Yo tampoco - confirmó Ellie.

- Ilay, la sábana de tu lado de la cama está barriendo el suelo. ¿Por qué no la arreglas?

- Claro que sí -. Ilay levantó la sábana y la metió debajo del colchón. El brazalete no aparecía.

"Let's return once again to our story," Splunkey said.

Ellie remembered how upset she was when she discovered her bracelet was gone, and it was easy for the tears to tumble down her cheeks once again.

"Ellie, cheer up! We'll find it," Eli promised.

But seconds later, Ellie growled at Eli, "Give me my bracelet!"

Eli growled back, "I didn't take your bracelet!"

Splunkey interrupted, "Okay, you two, stop for a moment…"

But Ellie and Eli were so involved with acting out their story, it was as if they didn't even hear what Splunkey had said.

"Once you took my favorite yellow marker!" cried Ellie.

"I borrowed it and gave it back."

"Just give me back my bracelet!" Ellie demanded.

"I don't have it! I didn't take it! It seems like you don't know how to be nice unless you're wearing your friendship bracelet!" yelled Eli, as he banged his paw against the floor. "I was going to help you, but not now. I'm leaving. Find it yourself!"

Eli stomped down the staircase, Splunkey following after him. Eli yanked the doorknob and ran outside.

- Regresemos una vez más a nuestra historia - dijo Splunkey.

Ellie recordó qué triste estaba cuando descubrió que su brazalete había desaparecido y las lágrimas volvieron a correr por sus mejillas.

- ¡Ánimo, Ellie! Lo encontraremos - prometió Ilay.

Pero unos segundos después Ellie le gruñó a Ilay: - ¡Dame mi brazalete!

Ilay le gruñó también:
- ¡No he tomado tu brazalete!

Splunkey los interrumpió:
- Muy bien, paren un momento…

Pero Ellie e Ilay estaban tan ocupados representando su historia que ni siquiera oyeron lo que había dicho Splunkey.

- ¡Una vez tú tomaste mi rotulador amarillo favorito! – gimió Ellie.

- Lo tomé prestado y te lo devolví.

- Sólo devuélveme mi brazalete - gritó Ellie.

- ¡No lo tengo! ¡No lo he tomado! Parece que no sabes cómo ser amable si no llevas puesto tu brazalete de la amistad - chilló Ilay, dando una patada al suelo -. Quería ayudarte, pero ya no pienso hacerlo. Me voy. ¡Encuéntralo tú sola!

Ilay bajó rápidamente por la escalera, mientras Splunkey lo seguía. Ilay empujó la puerta y salió corriendo.

Splunkey shouted -
"Eli, come on back inside."

Wiping the raindrops from his face, Eli said,
"That's really what happened."

"I believe you."

Splunkey and Eli climbed the stairs to Ellie, who sat on the top step. The three detectives returned to Ellie's bedroom.

"I told the two of you to stop. But you didn't listen at all. You continued to yell at each other, and didn't even try to figure out what really happened."

Splunkey gritó:
- Ilay, regresa aquí.

Secando las gotas de lluvia de su cara, Ilay dijo:
- Eso es lo que realmente pasó.

- Te creo.

Splunkey e Ilay subieron por la escalera para reunirse con Ellie, que estaba sentada arriba. Los tres detectives regresaron al cuarto de Ellie.

- Les dije a los dos que pararan. Pero no me hicieron caso. Siguieron gritándose y ni siquiera trataron de averiguar lo que realmente pasó.

Ellie's face grew redder and redder.

"I'm not here to make you feel bad, Ellie. I'm here to help you find your bracelet."

"I'm older. I thought I was smarter. I guess I'm not," Eli said.

"Every day we all can learn new things."

Ellie continued,
"To finish my story, Eli ran home, and I sat on my bed crying and calling for help."

Splunkey added,
"And that's when I heard your cry and came over. Now, Ellie, I want you to think really hard - Is there anything else that you can remember? That goes for you, too, Eli."

A thought popped into Ellie's head, and she said,

"Eli, I noticed my friendship bracelet was missing only when we were standing at the staircase."

"You're right, Ellie. Let's take a look there right now."

Bending down on his hands and knees near the staircase, Splunkey searched for the bracelet. Eli got on all four paws and joined in the search.

As Ellie walked towards the staircase, she noticed something colorful peeking out from underneath the top of the dry flowers which stood in the vase.

La cara de Ellie se volvía cada vez más roja.

- No he venido para hacerte sentir mal, Ellie. Estoy aquí para ayudarte a encontrar tu brazalete.

- Yo soy mayor. Pensé que era más listo. Pero parece que no lo soy - dijo Ilay.

- Cada día todos podemos aprender algo nuevo.

Ellie continuó:
- Para acabar mi historia, Ilay corrió a su casa y yo me senté en mi cama llorando y pidiendo ayuda.

Splunkey añadió:
- Y fue entonces cuando yo te oí llorar y vine. Ahora, Ellie, quiero que hagas un esfuerzo más: ¿hay algo más que puedas recordar? Eso también va para ti, Ilay.

De repente una idea pasó por la cabeza de Ellie y ella dijo:

- Ilay, yo me di cuenta de que mi brazalete de la amistad había desaparecido cuando nos paramos en la escalera.

- Tienes razón, Ellie. Vamos a echar un vistazo ahí ahora mismo.

Apoyando las manos y las rodillas sobre la escalera, Splunkey buscó el brazalete. Ilay también se puso en cuatro patitas y se unió a la búsqueda.

Al caminar hacia la escalera, Ellie vio algo de colores que se asomaba por debajo de las flores secas en el jarrón.

"I can't believe it! I found my bracelet!"

"Excellent job, Ellie!" exclaimed Splunkey.

Ellie pulled her bracelet out from in between the branches. Her four small friends were still dancing - their arms reaching, their legs kicking. She attached the bracelet tightly to her left arm.

They followed Splunkey down the stairs and into the living room.

With a big smile, Eli took Ellie's paw in his.

- ¡No lo puedo creer! ¡He encontrado mi brazalete!

- ¡Excelente trabajo, Ellie! - exclamó Splunkey.

Ellie sacó su brazalete de entre las ramas. Sus cuatro pequeños amigos aún estaban bailando, con los brazos unidos y los pies pateando. Ella abrochó con firmeza el brazalete a su brazo izquierdo.

Los dos siguieron a Splunkey y bajaron por la escalera a la sala de estar.

Con una gran sonrisa, Ilay tomó la patita de Ellie en la suya.

The three detectives sat on the couch and continued talking with each other. Turning towards the alien, Eli asked,
"How much do we owe you for your services?"

"Not a thing... Then again, since this case was a piece of cake, how about giving me a piece of cake? My favorite is chocolate. That can be my payment."

Ellie replied,
"Sorry. We don't have any cake. How about a delicious, organic apple or tangerine instead?"

"Mmmm. They both sound good."

Los tres detectives se sentaron en el sofá y siguieron hablando. Ilay se volvió hacia el extraterrestre y le preguntó:
- ¿Cuánto le debemos por sus servicios?

- No me deben nada... Aunque, como este caso fue pan comido, ¿por qué no me regalan un pedazo de pan? Me encanta el pan de dulce. Ésa puede ser mi recompensa.

Ellie respondió:
- Lo siento. No tenemos pan. ¿Qué tal una deliciosa manzana orgánica o una mandarina?

- Mmmm. Ambas me parecen muy bien.

Splunkey grabbed the biggest apple and gobbled it up in seconds.

Splunkey tomó la manzana más grande y se la tragó en unos segundos.

Returning to the living room, Splunkey said,
"It's time for me to say goodbye. I have lots of cases to solve. I'm glad that you found your bracelet, Ellie, and that you and Eli are back to being good friends."

Looking up at Splunkey, Ellie said:
"Thank you so very, very much."

"Me, too," added Eli.

Ellie continued,
"I know that friends are important. Will I see you again?"

"If you need help, say your name once and blink three times."

Glints of sparkling lights flew through the living room. Ellie and Eli squinted to see each other.

Looking around the living room for her alien friend, Ellie said:
"Splunkey, thanks again. Splunkey… Eli, where's Splunkey?"

Volviendo a la sala de estar, Splunkey dijo:
- Ya es hora de despedirme. Tengo un montón de casos por resolver. Me alegro que hayas encontrado tu brazalete, Ellie, y que tú e Ilay de nuevo sean buenos amigos.

Mirando a Splunkey, Ellie dijo:
- Muchas, muchas gracias.

- Yo también te doy las gracias - dijo Ilay.

Ellie continuó:
- Yo sé que los amigos son importantes. ¿Te veré alguna vez?

- Si necesitan ayuda, digan su nombre una vez y parpadeen tres veces.

La sala de estar se llenó de destellos de luces brillantes. Los ojos de Ellie e Ilay se quedaron deslumbrados.

Buscando a su amigo extraterrestre en la sala de estar, Ellie dijo:
- Splunkey, gracias una vez más. Splunkey… Ilay, ¿dónde está Splunkey?

"I guess he disappeared like your organic apple!"

"I guess so. Eli, I'm really sorry. It was wrong to blame you just because I couldn't find my friendship bracelet. You're my best friend!"

"You're my best friend, too! Well, it's getting late. I better go."

Through the living room window, Ellie watched as Eli walked home.

- Supongo que desapareció como tu manzana orgánica.

- Parece que sí, Ilay. Lo siento de verdad. Estuvo mal acusarte a ti sólo porque yo no podía encontrar mi brazalete de la amistad. ¡Tú eres mi mejor amigo!

- Tu también eres mi mejor amiga. Bueno, se está haciendo tarde. Es mejor que me vaya.

Ellie miró por la ventana de la sala a Ilay alejarse hacia su casa.

Leaning back on the couch in the living room, Ellie looked up at her friendship bracelet and smiled.

Ellie se estiró en el sofá en la sala de estar, miró su brazalete de la amistad y sonrío.

THE END

FIN

"Even though we solved the mystery and this story is over, you and I can still keep in touch! How? Turn the page and see!"

Aunque hemos resuelto el misterio y esta historia se ha acabado, ¡tú y yo podemos seguir en contacto! ¿Cómo? ¡Descúbrelo en la siguiente página!

Our alien friend Splunkunio Splunkey is
on a mission of friendship and
peace throughout the universe.
He's always on the move.
But you can be in touch with him by
visiting his web site -
http://www.splunkey.org

Learn more about Splunkey,
his mission, his friends,
and his international friendship club.
Membership in the club is free,
so check it out!
Be on the lookout for the
next story in his series!

To purchase additional copies
of this book, visit
http://www.dreamimagepress.com

Nuestro amigo extraterrestre Splunkunio
Splunkey tiene una misión de amistad y
paz por el universo.
Él siempre viaja.
Pero tú puedes estar en contacto con él
visitando su sitio web:
http://www.splunkey.org

Aprende más sobre Splunkey,
su misión, sus amigos
y su club de amistad internacional.
¡La membresía en el club es gratuita,
así que échale un vistazo!
¡Y espera la próxima historia
de esta serie!

Para comprar copias adicionales
de este libro, visite
http://www.dreamimagepress.com

Dream Image Press, LLC